ESSAI

SUR

LA GRAVURE

DANS LES LIVRES

PAR

GEORGES DUPLESSIS

CONSERVATEUR-ADJOINT DU DÉPARTEMENT DES ESTAMPES

A LA BIBLIOTHÈQUE NATIONALE

PARIS

LIBRAIRIE DE FIRMIN-DIDOT ET Cⁱᵉ

56, RUE JACOB, 56

1879

ESSAI

SUR

LA GRAVURE

DANS LES LIVRES

ESSAI

SUR

LA GRAVURE

DANS LES LIVRES

PAR

GEORGES DUPLESSIS

CONSERVATEUR-ADJOINT DU DÉPARTEMENT DES ESTAMPES

A LA BIBLIOTHÈQUE NATIONALE

PARIS

LIBRAIRIE DE FIRMIN-DIDOT ET Cᵗᵉ

56, RUE JACOB, 56

—

1879

ESSAI

SUR

LA GRAVURE DANS LES LIVRES

Il faudrait remonter bien haut si l'on voulait désigner d'une façon exacte l'époque où, pour la première fois, le dessin vint prêter assistance au texte et parler aux yeux un langage particulièrement intelligible. L'examen attentif des manuscrits permettrait sans doute de constater que les calligraphes associèrent de tout temps à leurs travaux des artistes, et que l'art se produisit simultanément dans les livres et sur les murailles. Notre ambition est plus bornée; nous ne ferons pas une excursion dans un domaine qui n'est point le nôtre, et nous chercherons uniquement à indiquer la part qui revient aux artistes dans les livres imprimés. Cette tâche, déjà fort vaste, nous sera facilitée par la riche collection de M. Ambroise Firmin-Didot qui va être livrée aux enchères; dans le catalogue qu'accompagne notre travail on trouve mentionnés en effet la plupart des ouvrages dont nous parlons, et si quelques-uns sont absents, c'est qu'ils ont, pour la plupart, figuré dans les catalogues antérieurs, ou bien qu'ils sont réservés pour des ventes futures qui se suivront d'année en année.

La gravure, à ses débuts, fut pour ainsi dire plutôt une industrie qu'un art; elle n'avait d'autre mission que de suppléer à la miniature et de satisfaire une classe de la société qui jusque-là semblait déshéritée. Le jour où l'on eut trouvé le moyen de tailler dans le bois ou dans le métal des traits qui, soumis à une forte pression et recouverts d'encre, pouvaient être reportés sur le papier, on usa amplement de ce procédé économique qui permettait de répandre à un grand nombre d'exemplaires un dessin unique; on couvrit de couleur ces images, et, pour les yeux peu délicats, il n'y avait aucune différence entre ces productions grossières et les peintures exquises exécutées dans les monastères. Sans doute il serait injuste de mettre en parallèle des manifestations aussi dissemblables, il n'est pas toutefois hors de propos d'indiquer à quel besoin impérieux répondaient les tentatives des premiers inventeurs de la gravure. Ils avaient à cœur de faire profiter le grand nombre des bénéfices dont jouissaient uniquement quelques privilégiés; le moyen de propagande employé par eux, quelque imparfait qu'il fût, servit admirablement leurs projets et réussit au-delà de toute espérance.

La période d'enfantement ne fut pas d'ailleurs de longue durée. Bientôt des orfèvres ou des miniaturistes mirent leur expérience d'artistes au service de la gravure proprement dite et vinrent prêter leur concours aux ouvriers qui maniaient seuls jusque-là le burin ou l'échoppe. Dans certains manuscrits ont été intercalées en tête des chapitres, ou des offices, si ce sont des livres pieux, des planches qui sont tantôt gravées en relief tantôt gravées en creux; l'es-

tampe occupe la place accordée antérieurement à la miniature et révèle ainsi d'elle-même l'usage auquel elle fut
primitivement destinée. Deux manuscrits précieux con-
servés à la Bibliothèque nationale nous serviront à appuyer
notre dire; dans l'un, contenant divers fragments de
l'Imitation de Jésus-Christ, on rencontre deux planches
gravées en manière criblée entourées d'une écriture qui,
par des raisons que nous ne pouvons développer ici, mais
que M. Henri Delaborde a savamment produites, ne peut
être postérieure à l'année 1406; dans l'autre, livre d'heures
sur vélin fait en 1466 pour Jean Le Bon, comte d'Angou-
lème, inscrit parmi les manuscrits latins de la Bibliothèque nationale sous le n° 1173, plusieurs planches d'Israël
van Meckenen, coloriées avec soin, sont collées sur des
feuillets réservés à dessein par le calligraphe qui entendait
laisser à son collaborateur la place qui lui était attribuée
dans tous les ouvrages analogues.

Comme transition naturelle entre les manuscrits ornés
d'estampes et les livres imprimés proprement dits, il con-
vient de placer les ouvrages xylographiques dans lesquels
le texte est, aussi bien que les images, gravé dans le bois.
L'art du miniaturiste n'était pas encore abandonné lorsque
ces productions virent le jour, mais il était menacé. La
date exacte à laquelle furent exécutées les premiers livres
xylographiques, le pays même qui les produisit, ont donné
lieu à des dissertations savantes et à des hypothèses fort
ingénieuses, mais souvent très contradictoires, et la lumière
est loin d'être complètement faite sur ces produits primitifs
de la typographie. Il faudra, pour que la vérité se fasse
jour, que quelque document d'archives soit découvert et
vienne trancher en faveur de tel ou tel pays la question de

nationalité si vivement réclamée par les historiens jaloux
pour leur patrie de la découverte de l'imprimerie. Quoi
qu'il en soit, les livres sont là et il nous appartient de faire
remarquer que les auteurs des planches qui composent
l'*Ars moriendi*, la *Bible des Pauvres*, l'*Apocalypse de saint Jean*
et surtout le *Cantique des Cantiques,* ont droit de prendre
rang parmi les artistes et d'être nommés les premiers
dans un travail consacré à indiquer le rôle que joua la
gravure dans les livres. Sans doute les planches qui rem-
plissent ces volumes sont fort inférieures aux miniatures
qui virent le jour antérieurement, mais il importe de songer
que le procédé employé est tout nouveau, que les difficultés
qu'il présente sont grandes et que les graveurs comme les
miniaturistes n'arrivèrent pas du premier coup à la per-
fection.

Ces livres xylographiques sont actuellement d'une
insigne rareté; ils sont pour la plupart immobilisés dans les
bibliothèques publiques, et, lorsqu'il s'en trouve quelqu'un
dans une collection privée, il suffit à donner à cette collection une renommée véritable. Ces volumes eurent cependant à leur apparition un succès énorme; on connaît de
chacun d'eux plusieurs éditions, et il est même assez rare
de trouver deux exemplaires absolument identiques des
livres xylographiques. Cette variété dans les exemplaires
connus de l'*Ars moriendi*, de la *Bible des Pauvres* et de l'*Apocalypse* ne peut s'expliquer autrement que par l'empressement que mit chaque famille à posséder ces livres pieux
dont elle avait été privée jusque-là, et par l'usage journalier
que chacun en faisait. Le papier n'offre pas la même résis-
tance que le vélin, et, tandis que les manuscrits subissaient
presque impunément un maniement quotidien, les livres

xylographiques périssaient promptement, et, malgré le
soin que prenaient les éditeurs de les remplacer, finissaient
par être anéantis et par disparaître complètement. L'imprimerie en caractères mobiles suppléa d'ailleurs assez
promptement à l'impression xylographique et vint rendre
jusqu'à un certain point inutiles ces productions primitives.
Dans tous les pays à la fois, l'imprimerie proprement dite
prend un développement considérable au milieu du
XVe siècle. Si les premiers ouvrages ne contiennent pas
tous des gravures, il en est bien peu qui n'aient pas au
moins quelques lettres ornées placées en tête des chapitres
ou distribuées dans le texte à chaque renouvellement de
phrases. Ces alphabets, en usage chez les imprimeurs,
méritent souvent d'attirer l'attention des amateurs et ont
quelquefois la valeur de véritables œuvres d'art.

Les artistes de haute valeur sont rares de tout temps,
et ceux qui consacrèrent à l'ornementation des livres une
part de leur talent sont particulièrement rares au début.
En Allemagne, avant Albert Dürer qui, dans *la Vie de la
Vierge,* dans *la Grande et la Petite Passion* et dans *l'Apocalypse,* mit au service de la typographie sa haute intelligence de l'art, on ne trouve que des artisans bien inten-
tionnés, mais imparfaitement instruits des ressources que
peut fournir la gravure. Aussitôt que le maître apparaît, au
contraire, des graveurs, subissant son influence salutaire,
viennent se mettre sous sa discipline, réclamer ses conseils
et conquérir, grâce à leur docilité, une place qui leur était
refusée antérieurement. Ils méritent, dès lors, d'être mis
au rang des artistes, et la scrupuleuse exactitude avec laquelle ils transportent dans le bois les dessins que Dürer
trace à leur intention a mérité à leurs ouvrages de vivre

dans la postérité : le succès qui accueillit les planches gravées sous les yeux de Dürer suscita à des éditeurs du temps
l'idée de tirer profit des auxiliaires nouveaux qui s'offraient
à eux ; ils remplirent de gravures en bois les livres qu'ils
publiaient et fournirent ainsi aux artistes qui se livraient
à ce genre de travail une occasion fréquente de s'exercer.
Hans Burgkhmair, Albert van Assen, Jobst Amman et
quelques autres consacrèrent une grande partie de leur exis-
tence à travailler pour les libraires et n'exécutèrent pas dans
ce genre leurs moindres ouvrages. Quiconque veut être
renseigné sûrement sur l'état de l'art en Allemagne à la
fin du xvᵉ siècle et au commencement du xviᵉ siècle est
tenu d'examiner avec soin les livres publiés à cette époque
de l'autre côté du Rhin ; les peines que cette recherche
pourra lui coûter seront amplement compensées par les
surprises qui lui sont réservées.

Non loin de Nuremberg, où était en réalité pour l'Allemagne le centre de la production intellectuelle au xviᵉ siècle,
vivait un grand maître qui doit certainement aux livres
auxquels il a fourni des dessins, au moins autant qu'aux
admirables peintures qu'il a exécutées, la légitime renommée dont il jouit. Hans Holbein travailla à Bâle de 1516
à 1543. Malgré les très importantes publications qui lui
ont été consacrées dans ces derniers temps, sa vie est imparfaitement connue ; il n'en est pas de même de ses ouvrages. En dehors des *Simulachres de la mort* (Lyon, Trech-
sel, 1538) (1) et des *Icones historiarum Veteris Testamenti* (Lyon,
Frellon, 1547) que Hans Lutzelburger grava dans le bois

---

(1) Il est à peine nécessaire de rappeler ici que le premier tirage des *Simulachres de la mort* parut sans texte, et que les exemplaires de ce tirage primitif
sont de la plus insigne rareté.

avec un incomparable talent, nombre de frontispices de
livres, de marques d'imprimeurs, d'alphabets et de fleurons
typographiques sont dus au crayon de Hans Holbein. Ce
grand artiste savait approprier à l'objet qu'il traitait sa
haute intelligence de l'art, et tel sujet renfermé dans un
tout petit cadre pourrait, sans rien perdre de sa valeur,
subir un agrandissement considérable. Les livres auxquels
Holbein a prêté son concours méritent d'être recherchés
comme les modèles du genre; les graveurs qu'il avait
coutume d'employer, Hans Lutzelburger surtout, tradui-
saient avec une scrupuleuse exactitude les dessins qui
leur étaient soumis et employaient tous leurs efforts
à respecter le croquis du maître qu'ils avaient mission de
multiplier.

De l'autre côté du Rhin, les graveurs sur métal furent
assez rarement mis à contribution par les libraires qui
trouvaient chez les graveurs sur bois des auxiliaires suffi-
samment habiles. Lorsque l'on aura cité un *Ars moriendi*,
publié au commencement du xvie siècle auquel sont jointes
un certain nombre de planches gravées par Martin Za-
zinger (1) et accompagnées de ses initiales, on sera réduit à
s'en tenir là. Aucun des graveurs sur métal de haute valeur
qui vécurent en Allemagne depuis le maître E. S. de 1466
jusqu'à Henri Aldegrever ou jusqu'aux Beham, ne s'adon-
nèrent à l'ornementation des livres; ils se contentèrent de
mettre au jour des planches qui n'avaient pas besoin, pour
se recommander, d'aucun autre attrait que leur mérite
intrinsèque, et pour trouver, au-delà du Rhin, un artiste qui

(1) Ce livre eut de nombreuses éditions. A la dernière, publiée à Munich par
Pierre König en 1623, on ajouta deux planches grossièrement gravées, qui
n'offrent aucun intérêt.

semble avoir consacré, presque exclusivement, un talent
original à l'ornementation des livres, il faut descendre jusqu'à la fin du siècle dernier, et interroger l'œuvre considérable de Daniel Chodowiecki. Dans les innombrables
vignettes que le fécond artiste dessina et grava lui-même,
on constate, à côté d'une intelligence réelle du texte dont il
s'efforce de commenter à sa manière les passages princi-
paux, une entente de la composition qui recommande spécialement toutes les productions de sa pointe.

En Italie, pendant les xve et xvie siècles, les éditeurs, curieux de donner aux ouvrages qu'ils mettaient au jour un
intérêt particulier, usèrent de tous les moyens pour arriver
à leur but. La gravure sur métal, grâce aux travaux de
quelques orfèvres, acquit assez vite une importance réelle.
Nicolo di Lorenzo d'Allemagne introduisit dans le *Monte
santo di Dio*, d'Antoine Bettini de Sienne (Florence, 1477),
quelques planches gravées sur métal, qui passent à juste
titre pour les premiers ouvrages de ce genre qui aient été
insérés dans des livres. Le même éditeur, quatre ans plus
tard, en 1481, publiait une édition de la *Divine Comédie* du
Dante, dans laquelle il avait introduit un certain nombre
de planches gravées en taille-douce par Baldini, probable-
ment d'après les dessins de Sandro Botticelli. Ces ouvrages,
qu'ils soient ou non les premiers qui aient paru accompagnés de planches sur métal, sont, sans contredit, les plus
importants au point de vue de l'art qui aient été publiés
au xve siècle. Le mérite des estampes qu'ils renferment, le
talent exceptionnel dont ont fait preuve les artistes qui les
ont exécutés ont, de tout temps, attiré sur eux l'attention
des artistes. L'art florentin du xve siècle, si particulier et
si charmant, a pu enfanter des œuvres plus importantes

dans la gravure, il n'en a pas produit de plus exquises et
de plus essentiellement personnelles.

Si le nombre des livres accompagnés de planches gravées
en taille-douce est fort restreint en Italie comme ailleurs,
il n'en est pas de même des ouvrages pour lesquels les éditeurs ont fait appel aux graveurs sur bois; ceux-ci, fort
remarquables pour la plupart, seraient dignes d'une étude
spéciale. Le *Songe de Poliphile* (Venise, *Alde Manuce*, 1499)
est, sans contredit, le volume le plus important de cette
série. Le nom de l'artiste qui traça les dessins destinés à ac-
compagner le singulier ouvrage de Francesco Colonna n'est
pas connu; mais, s'il ne nous est pas possible d'accepter
comme étant les auteurs de ces dessins les artistes qui
ont été proposés jusqu'à ce jour, nous nous empressons
de reconnaître qu'un maître de haute valeur a seul pu
inventer ces compositions qui révèlent, en même temps
qu'une main très exercée, une haute intelligence de l'art.
Les graveurs, auxquels incomba la mission de fixer dans le
bois ces inventions, surent justifier pleinement le choix
dont ils avaient été l'objet; ils s'appliquèrent à transmettre
avec une fidélité parfaite les modèles qu'ils avaient sous les
yeux, et ils réussirent si bien à faire disparaître leur per-
sonnalité qu'il est possible d'admettre qu'un seul et même
artiste grava dans le bois les précieux dessins qui accompagnent cet ouvrage. Cette absence d'individualité si con-
damnable chez des artistes inventeurs doit être comptée
comme un mérite chez des interprètes auxquels incombe
l'unique mission de retracer avec les moyens particuliers
dont ils disposent un dessin qu'ils n'ont le droit ni de
s'approprier ni de modifier en aucune façon.

A côté du *Songe de Poliphile* méritent de prendre place un

certain nombre d'autres livres qui, pour être moins célèbres, n'en sont pas pour cela moins intéressants. Parmi
ces ouvrages enrichis de planches excellentes, nous citerons
une traduction italienne des *Métamorphoses d'Ovide,* par
Buonsignore, imprimée par Giov. Rosso ad instantia del
nobile huomo messer Luc Antonio Zonta (Venise, 1497); le
Théâtre de Térence, imprimé en 1499, par Lorenzo de
Soardi; les *Histoires d'Hérodote,* traduites en latin per virum eruditissimum Laurentium Valensem (Venetiis, J. et
Gr. de Gregorii 1494); les Œuvres de *Plaute,* qui virent le
jour à Venise en 1511; enfin une édition du *Décaméron
de Boccace* (Venise, *Giovanni e Gregorio de Gregorii,* 1492).
C'est à cette même catégorie d'ouvrages qu'appartient
le *Fasciculus medicinæ* de Jean de Ketham, qui eut un
grand nombre d'éditions et dont les planches passent
aux yeux de quelques historiens, sans raison sérieuse,
selon nous, pour avoir été dessinées par Andrea Mantegna.
Dans tous ces livres et dans bien d'autres encore qui virent
le jour au même moment, sont renfermées des gravures
en bois qu'il importe d'examiner avec soin si l'on veut
connaître à fond les manifestations de toute une branche
de l'art italien. Cet art était si vivace à la fin du xv° siècle
et au commencement du xvi° qu'il se répandait partout.
Les peintres et les sculpteurs ne dédaignaient pas les be-
sognes les plus modestes, et les artistes n'avaient besoin,
pour se produire, ni de vastes espaces ni de pompeux édi-
fices; ils mettaient la main à tout et rendaient souvent des
services signalés aux éditeurs qui les employaient. Qui au-
rait aujourd'hui conservé le souvenir du *Songe de Poliphile* et de tant d'autres ouvrages si des gravures excellentes
n'avaient préservé d'un oubli mérité ces productions litté-

raires, souvent d'un intérêt assez médiocre? Qui songerait,
par exemple, à rechercher de notre temps les livres composés par Doni si de nombreux portraits, dont le dessin
est attribué à Titien lui-même, n'avaient attiré l'œil
intelligent des artistes ou éveillé l'attention des curieux?
La plupart des livres que nous venons de citer et tant
d'autres que nous pourrions encore mentionner se regardent et ne se lisent pas; ils ont leur place marquée dans
la bibliothèque de l'artiste et trouveraient difficilement
accès dans le cabinet des bibliophiles proprement dits; il
faut aimer l'art pour apprécier, comme elles le méritent,
ces productions exquises auxquelles ne font défaut aucune
des qualités de l'école.

Venise n'avait pas seule en Italie le privilège de produire
des livres ornés de belles estampes. A Rome parut vers 1480
un ouvrage intitulé : *Tractatus solemnis et utilis per religiosum virum magistrum Philippum Syculum ordinis prædicatorum....* dans lequel sont insérées treize planches sur
bois représentant les douze sibylles et Proba Falconia qui,
quoique fort grossièrement gravées, ne sont pas dénuées
de tout intérêt; à Florence, les sermons de Jérôme Savonarole étaient, pour la plupart, accompagnés de planches sur
bois pleines de charme dans lesquelles apparaissait, malgré
la médiocre habileté des graveurs, le génie florentin avec sa
grâce singulière et sa rare entente de l'expression. A Milan,
outre un volume de Luca Paciolo, *De Proportione divina*,
dans lequel est inséré un profil dessiné par Piero della
Francesca, fut publiée en 1518 une *Vie de sainte Véronique* accompagnée de planches dont le dessin peut, sans
imprudence, être attribué à Bernardino Luini; à Ferrare, le
livre du frère Jacques-Philippe de Bergame, *De plurimis*

claris selectisque mulieribus (1497) doit être rangé parmi les plus intéressantes publications dans lesquelles la gravure sur bois joue un rôle important; à Vérone, les planches qui accompagnent l'ouvrage de Valturius, *De re Militari,* publié en 1472 par Jean de Vérone, sont attribuées à Matteo Pasti. En cherchant bien, en tournant ses études de ce côté, on parviendrait à constater que, dans chaque ville de l'Italie où une imprimerie existait, il se trouvait un ou plusieurs artistes qui ne refusaient pas à l'imprimeur le concours de leur talent le jour où celui-ci y faisait appel.

Si, comme nous serions assez disposé à le croire, l'honneur d'avoir donné naissance aux premiers ouvrages xylographiques revient aux Pays-Bas, il faut reconnaître cependant qu'en Hollande et en Flandre l'exemple donné par Laurent Coster fut assez rarement suivi. Récemment on a découvert dans la bibliothèque de lord Lothian, à Newcastle, près d'Edimbourg, un livre de Boccace, *De la Ruyne des nobles hommes et femmes,* imprimé à Bruges par Colard Mansion en 1476, dans lequel se trouvent neuf planches sur métal que l'on connaissait jusqu'à ce jour à l'état d'estampes isolées et que l'on désignait communément sous le titre d'estampes du maître des sujets tirés de Boccace. Ces planches, qui paraissent gravées par quelque artiste de l'école hollandaise, peut-être bien par le maître de 1480, ne suffiraient pas à attester l'empressement que les éditeurs des Pays-Bas mirent à appeler les artistes à leur aide. Cette découverte intéressante, mais à peu près isolée jusqu'à ce jour, ne saurait beaucoup infirmer l'opinion reçue, et on demeure toujours assez embarrassé lorsqu'il s'agit d'attirer l'attention sur un livre orné de figures véritable-

ment intéressantes qui ait vu le jour sur les bords de
l'Escaut ou de l'Amstel. Sans doute le nombre est grand
des ouvrages dans lesquels sont insérées quelques estampes
sur bois; mais, de là à rencontrer des planches offrant un
intérêt véritable, il y a loin. On est contraint de poursuivre
ses recherches plus avant, et, lorsque l'on parvient au
XVIIe siècle, on rencontre une quantité considérable de livres
qui ont dû souvent aux vignettes qui les accompagnent
d'échapper à l'oubli. Rembrandt fait précéder la tragédie
de son ami, le bourguemestre Six, *Médée,* d'une eau-forte
admirable composée exprès pour le livre qu'elle accompagne; il prête le concours de son talent au juif Menasseh-
ben-Israël, qui publie à Amsterdam en 1655 un livre ayant
pour titre : *Piedra gloriosa o de la estatua de Nebuchadnezar,
con muchas y diversas authoridades de la S. S. y antiguos
sabios*. P.-P. Rubens dessine pour l'imprimeur Plantin un
grand nombre de vignettes et de frontispices que gravent
avec habileté tous les artistes de l'école qu'il avait groupés
autour de lui et pour ainsi dire attachés à sa personne. Les
Wierix, Jean Valdor, Crispin de Passe et tant d'autres ne
cessent de produire pour les éditeurs, à côté desquels ils
vivent, des planches intéressantes qui accompagnent les
moindres productions du temps. Au moment où les livres
d'emblèmes prennent une importance inconnue jusque-là,
on trouve à chaque page une figure que des explications
sans nombre ne parviennent pas toujours à rendre claire;
le texte ne devient plus, entre les mains de certains éditeurs du XVIIe siècle, en Flandre, qu'un accessoire, et les
libraires se transforment volontairement en véritables éditeurs d'estampes. Tous ces livres d'emblèmes qui voient le
jour à Anvers ne méritent pas d'être recherchés au même

degré; souvent, malgré les estampes qui les accompagnent, l'art proprement dit en est à peu près absent, et l'amateur est tenu de faire un choix sévère parmi ces productions hâtives. C'est dans ce genre d'ouvrages que dans les Pays-Bas la gravure unie à la typographie va se perdre; les inhabiles trouvent là un moyen facile de se produire, et les maîtres disparaissent peu à peu lorsque Rubens et ses élèves ont cessé de produire.

En Angleterre et en Espagne, l'art de la gravure ne fut pas pratiqué avec la même suite que dans les autres pays; sans doute, quelques ouvrages imprimés au xv⁵ siècle par William Caxton sont accompagnés de planches sur bois qui accusent une intention de se conformer aux usages adoptés ailleurs, mais l'exemple du célèbre imprimeur fut peu suivi. Le livre d'écriture publié à Saragosse en 1550 par Juan de Yciar contient un grand nombre d'estampes signées du nom ou des initiales de J. de Vingle, mais, quand bien même on parcourrait avec soin les bibliothèques de Londres et de Madrid, on ne serait pas en mesure de constater un caractère particulier aux planches qui accompagnent les ouvrages publiés en Angleterre ou en Espagne aux xv⁵ et xvi⁵ siècles. L'art fut très lent à s'établir en Angleterre, et les pays voisins avaient coutume de fournir aux Anglais leurs artistes; Holbein et Van Dyck parmi les peintres, Wenceslas Hollar parmi les graveurs, pour ne citer que les maîtres, furent les véritables fondateurs de l'école anglaise; à dater seulement de l'époque où ces artistes s'établirent à Londres, l'art, dans ce pays, existe réellement. Même au milieu du xviii⁵ siècle, c'est à peine s'il se trouvait en Angleterre quelques artistes qui songeaient à se mettre au service des libraires; les premiers qui introduisirent au-

delà de la Manche l'usage des vignettes, furent des Français
qui transportèrent avec eux les habitudes de nos compa-
triotes et les plus habiles des maîtres français en ce genre :
à Hubert Gravelot revient en partie l'honneur d'avoir
donné à l'Angleterre le goût des vignettes; il emmena avec
lui quelques graveurs qui multipliaient ses dessins à mesure
qu'il les composait, et, grâce à son talent inventif et facile,
il obtint un tel succès qu'il trouva de suite de nombreux
imitateurs. A partir du milieu du XVIIIe siècle, il se forma
à Londres une véritable école de vignettistes qui n'a pas
cessé d'exister jusqu'à nos jours. Hogarth, Stothard, Rowlan-
dson, les Cruishank sont au nombre des plus célèbres, et, depuis les dernières années du XVIIIe siècle, il ne parut guère
en Angleterre un livre de quelque importance qui ne fût
accompagné de nombreuses vignettes dans lesquelles les
artistes du pays se laissaient aller à leur humour et à leur
imagination particulièrement originale. Les romans de
Walter Scott et de Fenimore Cooper ont fourni, à eux seuls,
aux artistes anglais plus que tout autre livre l'occasion de
témoigner de leur intelligence à saisir les parties intéressantes d'un roman; les journaux satiriques, fort nombreux
dans la Grande-Bretagne, ont permis aux caricaturistes de
donner cours à leur verve et à leur franche gaieté; la coutume de publier chaque année sous le titre de *Keepsake* un
recueil d'articles de toute nature accompagnés de planches
très variées a contribué à entretenir le goût pour les
vignettes, et, nulle part ailleurs aujourd'hui plus qu'en
Angleterre, la gravure ne se trouve intimement unie à la
librairie de luxe.

Nous ne saurions en dire autant de l'Espagne. Les artistes,
dans ce pays, ont été rares de tout temps. Lorsque l'on a

prononcé le nom de quelques grands peintres tels que Velasquez, Murillo et Ribera, on ne trouve plus que des hommes de second ordre qui exécutent des ouvrages de grande dimension et qui ne songent guère à soumettre leurs travaux aux exigences de la librairie. Dans quelques livres de prières apparaissent des vignettes sans grand caractère et sans originalité réelle qui sont plus propres à inspirer la piété à leurs dévots lecteurs qu'à intéresser beaucoup les artistes. Goya lui-même, dont le talent avait un côté essentiellement littéraire, ne fit, que nous sachions, aucun dessin destiné à trouver place dans ces livres, et, lorsque le plus récent des artistes espagnols, Mariano Fortuny, introduisit dans un volume imprimé quelque dessin de sa façon, il n'était pas encore en pleine possession de son talent et ne donna que des gages fort incomplets de ses aptitudes futures.

Dans tous les pays que nous venons de passer en revue, il y a toujours un moment où l'art de la gravure cesse d'être exploité par les libraires : tantôt c'est au début seulement que les éditeurs font appel aux artistes; tantôt cette collaboration, profitable à tous, ne se produit avec suite qu'assez tard. En France, il en est tout autrement: depuis le moment où les premiers livres sont publiés jusqu'à nos jours, il ne se passe pour ainsi dire pas une année sans que l'on ne trouve quelque manifestation intéressante de la gravure prêtant son assistance à la typographie. En 1488, des planches sur métal accompagnent les *Saintes Pérégrinations de Jérusalem de Bernard de Breydenbach* (Lyon, Michel Topie de Pymont et Jacques Herembeck); au même moment, également en 1488, des planches sur bois, d'une bien autre valeur, voient le jour pour la première fois dans la *Mer des Histoires,* que publie, à Paris, Pierre Lerouge, imprimeur du Roi. Des livres d'Heures, sortis des ateliers de Simon Vostre, d'Antoine Verard, de Kerver ou de Gilles Hardouin, sont remplis de gravures, souvent fort remarquables, qui encadrent le texte ou précèdent chaque office. C'est dans ces pieux ouvrages qu'il faut aller étudier l'art de la gravure en France, au commencement du XVIe siècle; c'est là que se trouvent les témoignages les plus significatifs de notre art national. Les chefs-d'œuvre que les miniaturistes avaient répandus à profusion dans les manuscrits antérieurs étaient présents à toutes les mémoires, et les dessinateurs qui confiaient aux graveurs le soin de répandre les compositions qu'ils inventaient faisaient amplement leur profit des exemples que leur avaient légués leurs prédécesseurs. L'art français a tout avantage à être étudié dans ces productions naïves qui succèdent, sans sérieuse infériorité, aux miniatures qu'elles sont appelées à remplacer complètement. A côté de scènes pieuses, destinées à l'édification des fidèles, se trouvent, en regard des calendriers, par exemple, des sujets empruntés à la vie de tous les jours, des compositions familières qui donnent sur les usages du temps des indications précieuses. A côté de l'office des Morts apparaît le plus souvent une de ces danses macabres que les artistes du moyen âge ont si fréquemment traitées, et on peut assurer que l'examen attentif de ces petites planches répandues à profusion dans les Heures françaises sera profitable à tous les historiens de notre art national, quel que soit le but particulier de leurs recherches.

Les graveurs employés par les imprimeurs de réputation faisaient souvent usage d'un procédé particulier, que l'on a désigné sous le nom de *manière criblée;* ils cherchaient ainsi à rappeler ces fonds d'or couverts de petits points, sur

lesquels les miniaturistes profilaient fréquemment la sil-
houette des personnages qu'ils mettaient en scène. Geofroy
Tory fut un des premiers graveurs qui rompit avec cet usage,
et, dans les *Heures de la Vierge,* par exemple, dont la première édition fut imprimée en 1524, il se servit d'un contour
savamment tracé, qui se détachait sur le fond blanc du papier. Les livres que l'on attribue avec sûreté à cet artiste
justement célèbre se distinguent de leurs aînés par une
science du dessin supérieure et par un goût particulier, qui
tend à s'éloigner complètement des procédés en faveur
au xvᵉ siècle. Les planches dues à cet artiste, qui accompagnent les *Heures de la Vierge* ou le *Champfleury,* sont
dignes d'être comptées au nombre des productions les plus
importantes de la gravure sur bois. La sobriété des moyens
employés ne nuit en rien à la stricte exactitude du dessin,
et, en ne se préoccupant pas outre mesure du modelé, que
la gravure sur bois est peu propre à rendre complètement,
Geofroy Tory a témoigné qu'il se rendait un compte exact
des ressources que pouvait offrir l'art auquel il se livrait,
et qu'il renonçait volontairement à la lutte avec la gravure
en taille-douce, dont la mission, comme les moyens, sont
tout différents.

Si l'on peut citer le nom de l'auteur des planches qui
accompagnent les *Heures de la Vierge* et le *Champfleury* (1),
il n'en est pas de même de celui qui grava les estampes précieuses qui ornent le *Songe de Poliphile* (Paris,
Jacques Kerver, 1546). Ici, nous nous trouvons en pré-
sence d'un livre particulièrement intéressant. Nous

(1) On n'est pas encore tombé d'accord sur l'auteur des dessins qui accompagnent l'*Entrée de Henri II à Paris,* en 1549 (Paris, *Jacques Roffet* dit le *Faul-
cheur,* in-4 ; mais il faut désormais rayer le nom de Geofroy Tory de la liste
des auteurs supposés de cet ouvrage : l'habile artiste était mort en 1533.

avons affaire à une traduction en français d'un livre
composé en italien, et cette traduction n'est pas limitée
au texte même, elle porte en même temps sur les planches qui le décorent. L'artiste qui fut chargé d'orner la
traduction française du livre de François Colonna s'inspira
directement des planches insérées dans l'édition originale,
publiée par les Alde en 1499; il interpréta à sa façon cha-
cune des estampes de l'artiste italien, et accommoda au goût
français les compositions italiennes qu'il avait mission de
retracer. Rien n'est plus intéressant à étudier que cette interprétation d'un motif unique par deux intelligences dont
la nationalité est différente. On ne saurait regarder comme
des copies les planches de l'artiste français; cependant les
dispositions générales de chaque planche sont les mêmes
dans les deux éditions; le sujet traité est toujours le même,
mais le goût du dessin est tellement différent, la manière
d'exprimer le même sentiment et la même pensée est tellement peu conforme, que l'on doit considérer comme des
œuvres véritablement originales les planches qui ornent
l'édition française du *Songe de Poliphile*. A qui faut-il faire
honneur de cette traduction graphique? Quel est celui de nos
artistes français du XVIe siècle qui put se tirer aussi bien
d'une tâche aussi difficile? Nous ne saurions répondre posi-
tivement à ces questions; mais le nom de Jean Cousin, que
M. Didot a prononcé à ce propos, ne nous paraît pas indi-
gne d'être cité. Ajoutons, toutefois, que si l'artiste senonais
est l'auteur des planches qui accompagnent l'édition française du *Songe de Poliphile,* il y sut mettre une réserve et une
sobriété dont on ne retrouve pas la trace dans la plupart
de ses productions bien authentiques.

Cette même exécution sobre et particulièrement intelli-

gente que réalisent les planches qui accompagnent le poème
en prose française connu sous le nom de *Songe de Poliphile,*
se retrouve dans deux ouvrages qui, pour être moins célèbres, n'en méritent pas moins d'occuper dans les bibliothèques choisies une place d'honneur; nous entendons parler de l'*Apocalypse de saint Jean* (Paris, Ét. Groulleau, 1547)
et de l'*Amour de Cupidon et de Psyché, mère de Volupté* (Paris, J. de Marnef, 1546), qui rappellent, en les rajeunis-
sant, des compositions exécutées antérieurement. Il n'y a
pas à en douter, le dessinateur qui a fourni au graveur
sur bois ses modèles a connu les estampes que Dürer a consacrées à l'Apocalypse et les compositions relatives à la fable
de Psyché, longtemps attribuées à Raphaël, que le maître
au dé a multipliées à l'aide de son burin; rarement même
il s'est permis d'apporter quelque modification à l'œuvre
originale; mais il a su donner aux figures répandues dans
les compositions inventées par des intelligences étrangères
une allure si française, qu'il s'est en réalité approprié l'œuvre d'autrui, et qu'il nous a donné le droit de réclamer
comme nôtres ces petits livres gravés avec une habileté inconnue antérieurement. Les planches de Bernard Salomon,
dit le Petit Bernard, qui virent le jour à Lyon, procèdent
d'un talent analogue. Les petites estampes qui accompagnent les livres publiés par Jean de Tournes, les *Devises
héroïques de Claude Paradin* (1557), les *Quadrins historiques de
la Bible* (1556), les *Métamorphoses d'Ovide* (1557), les *Emblèmes d'Alciat* (1548), et tant d'autres, attestent une rare
connaissance du dessin et une entente approfondie des con-
ditions spéciales qu'exige la gravure mise au service de la
typographie. Ces ouvrages eurent de très nombreuses éditions; les planches passèrent de mains en mains, et, en

1681, plus d'un siècle après avoir été imprimées pour la première fois, les figures de l'Ancien et du Nouveau Testament étaient de nouveau mises au jour par Samuel de Tournes, qui trouvait encore moyen de tirer profit du précieux héritage que lui avaient légué ses ancêtres.

Le nom de l'artiste qui grava les estampes répandues dans l'*Entrée de Charles IX à Paris en* 1571 est connu; il se nommait Olivier Codoré. Sa main n'avait pas la souplesse que nous signalions plus haut chez Geofroy Tory, à l'occasion des *Heures de la Vierge,* et les planches qu'il exécuta sont surchargées de travaux inutiles. La sobriété des moyens sied dans un livre mieux qu'une trop grande profusion de détails, et à un demi-modelé un contour net et précis est préférable.

A la fin du XVI⁰ siècle, la gravure sur bois tend, en France, à perdre de son importance. Les graveurs au burin, au contraire, occupent un rang qu'ils n'ont pas encore occupé. Sous le règne d'Henri IV, Léonard Gaultier et Thomas de Leu sont les deux artistes que les libraires occupent le plus habituellement; ils sont chargés de graver quelquefois des vignettes destinées à être répandues dans le texte; mais le plus souvent leur rôle s'arrête à la première page; devant le prix du tirage de ces planches en taille-douce, les éditeurs reculent. Ils consentent bien à faire graver un frontispice, qui doit contenir le titre du livre, ou un portrait donnant l'image de l'auteur ou du personnage qui a accepté la dédicace, mais ils s'en tiennent là. Plus on avance dans le siècle, plus les ouvrages ornés de planches gravées sont rares François Chauveau, Pierre Le Pautre, Jean Morin, quelques autres artistes, cèdent bien encore quelquefois aux instances des libraires et inscrivent leurs noms au bas de planches lestement gravées à l'eau-forte qui ne suffiraient

pas toujours à les recommander à la postérité; mais l'art, sous
Louis XIV, a besoin, pour se produire, de grands espaces,
et les cadres dont disposent les éditeurs ne sont pas propor-
tionnés aux aspirations des artistes. Ce n'est que par acci-
dent que les véritables maîtres consentent à fixer dans le
métal une planche destinée à aller se cacher dans un volume, et, lorsqu'ils ne savent pas résister aux sollicitations
dont ils sont l'objet, ils ne donnent pas généralement la
mesure exacte de leur savoir.

Au XVIIIe siècle, c'est tout le contraire qui se produit. La
gravure sur bois n'a pas encore retrouvé la faveur passée, et
Jean-Baptiste-Michel Papillon est à peu près le seul artiste
qui s'y exerce; mais il se forme en France toute une école
de dessinateurs qui consacrent le meilleur de leur talent à
traduire pour les yeux les passages les plus intéressants des
livres qui sont publiés de leur temps. H. Gravelot, Maril-
lier, Eisen, Choffard, Cochin, Saint-Aubin et Moreau le
jeune ont acquis des droits sérieux à occuper dans l'histoire
de l'art français une place à part; soit qu'ils se contentent
de dessiner, soit qu'ils gravent eux-mêmes des milliers de
vignettes insérées dans les publications contemporaines, ils
déploient à cette besogne un esprit et une habileté dont jamais auparavant, dans aucun pays, on n'avait eu d'exemple. Les *Contes moraux* de Marmontel, le *Décaméron* de Bo-
cace, les *Contes* de la Fontaine, les *Fables* de Dorat, les
Œuvres de J.-J. Rousseau et les *Chansons* de la Borde sont
remplis de planches qui joignent à une invention facile
une exécution délicate et soignée, admirablement appro-
priée à l'objet auquel elles sont destinées. Souvent le
livre doit uniquement au talent de l'artiste qui l'a décoré
la réputation dont il jouit, et les amateurs d'estampes

ont plus de droit que le bibliophile à rechercher certains ouvrages dont le mérite littéraire est souvent contestable.

Moreau le jeune vécut fort longtemps, et légua à ses successeurs les préceptes de l'art qu'il tenait lui-même de ses prédécesseurs. Bien qu'à la fin de sa carrière il subît l'influence du peintre David et qu'il modifiât, sans profit pour personne, sa manière, il n'en conserva pas moins une habileté particulière à saisir dans un livre les passages qu'il convenait spécialement de signaler à l'attention du lecteur. Pierre-Paul Prudhon, qui vivait à ses côtés, ne dédaigna pas, à ses heures, de fournir à la librairie quelques dessins; il mettait dans les ouvrages publiés par les Didot et les Renouard ce charme exquis qu'il répandait dans toutes les productions de son crayon ou de son pinceau. Desenne et Achille Devéria, les descendants directs de ces maîtres de la vignette, transmirent à nos contemporains immédiats, aux Johannot, à Jean Gigoux et à de Lemud cette intelligence particulière qui consiste à saisir dans un livre les passages qui se prêtent le mieux à une interprétation pittoresque. Dans deux ouvrages qui virent le jour de notre temps, la *Chaumière indienne* (Paris, Curmer, 1838) et les *Contes rémois*, M. Meissonnier témoigne de son merveilleux talent; à l'exemple d'Hubert Gravelot, que nous nous plaisons à signaler comme le prince des dessinateurs de vignettes, il traça de véritables tableaux dans ces petits espaces qu'il était appelé à couvrir. Certaines scènes des *Contes rémois* ont la valeur d'une toile achevée, le dessin est aussi précis que la composition est ingénieuse; le peintre, justement jaloux de son œuvre, surveillait de près les graveurs appelés à fixer dans le bois les dessins qu'il leur confiait, et gagna à cette sage précaution de ne pas être trahi par ses interprètes.

Sans doute, si nous voulions n'omettre ici aucun des artistes qui, depuis une trentaine d'années, ont conquis, comme dessinateurs de vignettes, une place importante dans l'art de notre pays, nous aurions encore bien des noms à citer. Celui qui se présenterait le premier sous notre plume serait celui du plus fécond de nos contemporains, de M. Gustave Doré. L'auteur des *Contes drolatiques* de Balzac et de tant d'autres productions remarquables est doué d'une imagination extraordinaire, que sert admirablement une main rompue à toutes les difficultés du métier; mais il est encore dans la lice, et son dernier mot n'est pas dit.

Nous avons indiqué sommairement les différentes étapes de la gravure mise au service du livre, et notre but serait atteint si nous avions inspiré aux amateurs d'estampes le désir de connaître les ouvrages que des artistes de talent ont accompagnés de planches. Pour les diriger dans cette recherche, ils ont besoin d'un guide les renseignant sûrement sur les ouvrages qu'ils doivent rechercher de préférence à d'autres. Ce guide, ils le trouveront en partie dans les catalogues de vente de M. Firmin-Didot. Cet amateur éclairé, dont les richesses se dispersent aujourd'hui, avait réuni la collection la plus nombreuse de livres à figures qui ait jamais été formée; il aimait, de préférence à tous autres, ces ouvrages illustrés qui faisaient suite à son admirable collection de manuscrits à miniatures, et, lorsqu'il songea à publier le catalogue raisonné de son cabinet, il commença, comme pour indiquer clairement ses préférences, par les livres à figures sur bois et par les solennités.

Paris. — Typ. de Firmin-Didot et Cⁱᵉ, 56, rue Jacob. — 8305.